U0583424

自笑平生无长物

愿将文字养天和

岁末有怀

庭梅已绽腊将残

天气初晴雪未干

莫劝老夫杯酒戒

此身近日怯余寒

白双忠诗

壬寅秋

王欣笔

送客還鄉
白双忠

寒風蕭瑟雁橫秋
客裏光陰似水流
萬事不如歸去好
百年能得幾回休

壬寅秋月
王欣書

白双忠／诗　王欣／书

流翠沉香業

題徐水區育種育苗實驗基地

披紅解語華

白復忠先生撰聯 壬寅中秋韋樹木奉書

白双忠 / 联　韦树定 / 书

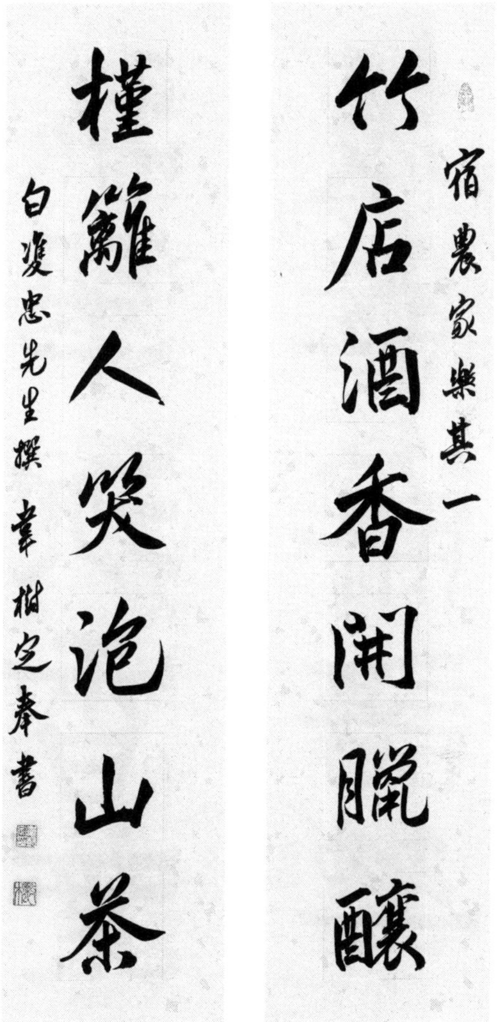
宿農家樂其一
竹店酒香閑臘釀
槿籬人笑泡山茶
白雙忠先生撰 韋樹定奉書

白双忠／联　韦树定／书

題白洋淀

風颭荷香野渡人悰秋欲暮

露涸菊色中天雁過月初明

白雙忠先生撰聯 壬寅 韋樹木書

白双忠 / 联　韦树定 / 书

朔漠歸時蘆花洲渚寒煙白

白复忠先生咏歸雁聯

衡陽樓處楓葉林塘夕照紅

壬寅秋八月廿二日畫 散木廔書

白双忠／联　韦树定／书

盛世荷塘
壬寅年 双忠写

白双忠 / 诗　白双忠 / 绘

白双忠 / 诗　白双忠 / 绘

Second season

好诗词

第二季

白双忠 著

云影参差集

当代世界出版社
THE CONTEMPORARY WORLD PRESS

从容而又快乐的诗歌传道者

◎ 蔡世平

之前为"好诗词"系列诗集作序时都没有拟标题，成集出版时，为方便阅读，为每篇序新拟了题目。白双忠的《云影参差集》的序言标题现已拟好，叫做"从容而又快乐的诗歌传道者"。

我和这个书系的策划者彭明榜先生有个约定——除我熟悉的作者外，一般不要告诉我作者的个人情况，以免干扰我的判断，让我从作品本身的直接感受中寻找言说的理由，这样可能更客观、公正一些。

白双忠乃何人？我可是一点都不了解。拿到《云影参差集》的校样后，来来回回翻看，基本对作品成色几分、质地如何有了数；再深入品读、鉴赏，作者的故土气息、心灵气息、语言气息，甚至写作时的情态与神态，便都展现在眼前。这时，我想要表达的意思便渐渐浮出水面。对！就是它——"从容而又快乐的诗歌传道者"。

《云影参差集》的文字是从容的。

从容不是装出来的。"自笑平生无长物，愿将文字养天和。"这扉页题辞便吸引了我。"无长物"者一定是"有长物"者。什么道理？其答曰：只有"有长物"者，才可道"无长物"，才可"养天和"也。难道不是吗？我想白双忠一定是一个事业有成的人。这样的人做起事情来自是信心满满，舒缓自如的、做起文章来，也是放松自信、率性而为、徐徐道来，一派自然天真的模样。

只有不为俗务所累，也不为俗物牵挂的"养天和"者，才可能有心情去"遥看招鹤处，空荡钓鱼船"（《冬游西湖其一》），才可知"何人解识幽栖处，老屋窗开明月来"（《题画诗其九》），才可有"此时羡我胡同里，骑着单车自在行"（《骑行》），才可感"何处鸟关关，暮烟深树间"（《菩萨蛮·村居》），才可见"午休人起随心看，蛱蝶蜻蜓自在飞"（《题画诗十三》）……这样的诗歌呈现好，写诗人轻松，读诗人也轻松。如果大家都绷着神经去写诗、读诗，岂不难看亦难受死了？

从容的人一般都快乐。

自然物候反映到各人心里自是不同，有时是快乐，有时是忧伤，有时是惊恐。下雨天，诗人白双忠是何状态？当然是极兴奋欢快的。这时候诗人看到的是"一夜雨声急""满庭花气新"。他看水是水"浮芳草"，他看山是山"绝夕尘"。那"物情"是"随处好"，"开心"的是"得句人"（《雨后》）。看来做诗人真是不赖，下雨也能作出首诗来，滋润了一回世界。

快乐的诗人有一颗明亮温暖的心。城西村建设搞得好，诗人日看"微风吹老柳"，夜观"皓月照新城"，时闻"香袭荷花淀"，常听"燕语唱莺声"。诗人尤喜"夜市"人欢"霓虹"灯影；睡梦品尝"莲米"羹汤（《赞城西村新农村建设》）。在这里，我们看到诗人心地的纯真、善良、明媚。一个"有长物"的诗人，更希望社会上的人都能成为"有长物"者。诗人心之境界，如此可见。

城西村只是一个个案，一个典型。中国的很多乡村还需要我们花大力气去建设，包括物质文化的建设和精神文明的建设。这是诗人的一种写作立场，也是一种写作态度。人间世中人，尤其是农村人，生活较多不易。诗人虽没有多少经济能力改善他们的物质生活，但可以以阳光般的诗句照亮他们，温暖他们。

《云影参差集》是传道的。传什么道呢？当然是传诗歌之道。诗歌之道多矣，我姑且结合该作品讲它一二。

其一是传诗词语言之道。

当代诗词被冠以"旧体"，说明其形式已经很老旧，如果语言再老旧，当代人更不容易看懂，又哪能喜欢呢？《云景参差集》其形式是旧体，但其语言是当代风格，明白如话，谁都看得懂，不粗俗，当得上"典雅"一词，是标准的旧体诗歌语言。如"街道车如蚁，楼台暖似春。但开新岁酒，不叹异乡身"（《聚餐》），"明朝又是清秋节，惆怅诗心对夕阳"（《秋思》），"白洋淀里，苇草荷花高下比。暮色三分，眯眼闲翻微信群"（《减字木兰花·午休》）。这样的句子省俭又不失温润。这样的诗歌语言之道，是值得今天的旧体诗词写作者细细琢磨的。

其二是传诗歌味道。

很多旧体诗词不缺"大道理"，往往头头是"道"，但却缺诗歌本身的韵致与味道。《云影参差集》是有味道的。仅举《寄友》一例，品其味道——

生意天灾损，人情秋草知。

交心一杯酒，乘兴两行诗。

　　作品的故事是，诗人的朋友经商做生意，因遭受天灾损失严重，一些经常往来的客户与友人也就跟他少走动了。失落感是有的，炎凉感亦是有的。这时候，诗人出现了。"拿酒来，咱俩今天喝一杯。""何以解忧，唯有杜康。"交心对饮，快哉快哉。三杯两盏下肚，朋友心情舒展了，诗人的好诗也有了。这样的诗从生活中来，有现实社会的人间烟火味。如果诗人拿古诗句子去讲什么"疾风知劲草，板荡识忠诚"的道理，就落了空洞、大言的下乘。

　　什么是诗歌的味道？要我看，就是活鲜鲜的俗世人间的生活味道，活鲜鲜的至纯至美的心灵味道。

　　　　　　　　　2023 年 4 月 19 日于北京

目录

第一辑　　　诗

第二辑　　　词

第三辑　　　联

第四辑　　　　赋

第一辑

诗

———————————

001 —— 136

冬游西湖其一

寒日驱浓雾，轻风散湿烟。

遥看招鹤处，空荡钓鱼船。

冬游西湖其二

堤上行娘子，桥头立许仙。
谁知两相会，只是一摩肩。

夜归

无风松影卧，有梦稻香醇。

唯有高悬月，长陪绝望人。

杂感

曾定儿时志，高攀险处峦。

风光今看尽，心海熄波澜。

观花山岩画

明江涨七月，游舫过群山。

骆越先民画，闲观绝壁间。

惜时

雨过麦苗鲜，风来花气暖。

春光已可怜，夏日何其短。

闲情

野水平如镜，山云淡欲烟。

一杯聊自适，不管雨晴天。

病中杂感

三年身有恙，一再管弦封。

白发愁中落，黄花霜后稀。

庚子中秋

秋声闹市外，人影夕阳中。

但愿今宵月，寒光与我同。

吟别

儿女一双别，相思空复悲。

惟期他国好，枉顾自身危。

寄友

生意天灾损，人情秋草知。
交心一杯酒，乘兴两行诗。

中秋

秋风吹老树，零落桂枝花。
月色寒侵户，天光淡入家。

白露日札记一

寒气三更重，蟾光十二虚。

老天零白露，中岁读红书。

白露日札记二

寒蝉鸣古树，野鸟下空林。

天地银霜镀。诗词白露吟。

白露吟

一种天然色，从来不受污。

清光疑是月，玉液聚成珠。

世侄出国留学有贺

故里张公子，人间第一流。
前程今日始，胜事异乡谋。

为丈人寿

鹤驾携春至，鸾笙祈福吹。

儿孙绕慈膝，日月耀长楣。

机场饯别

相送车三转，临行酒一樽。

从兹千里客，牵我五更魂。

思儿

白发愁中老，青云道上奔。

前年一分手，日日倚重门。

送女出国

瀚海浑无定，关山只自探。

机场杨柳绿，送别意何堪。

小雪

一夜梨花落，三冬菊本肥。

寒威犹未减，春色已先归。

冬行

野水平如镜，苍山淡着衣。

寒风吹不断，陌上路人稀。

醉后

酒醒人俱散，愁来绪乱飞。

老妻呼不应，双手拍门扉。

聚餐

晚来天欲雪，上苑约同人。

街道车如蚁，楼台暖似春。

但开新岁酒，不叹异乡身。

城郭西南角，已连徐水滨。

赞城西村新农村建设

微风吹老柳，皓月照新城。

有客飞千里，无虚此一行。

霓虹喧夜市，燕语唱莺声。

香袭荷花淀，梦尝莲米羹。

雨后

一夜雨声急，满庭花气新。
物情随处好，天意与时均。
水水浮芳草，山山绝夕尘。
开心今日事，得句甚怡人。

壬寅初夏

春去已多日，夏来犹未还。

绿阴生竹院，红雨湿梅斑。

燕子归何处，荷花绽碧湾。

客衣沾柳絮，兀自忆乡关。

夏日杂诗

春事已如许，吾生何所求。
青山才入夏，白发早经秋。
水陆风波恶，人情雨雪稠。
不知今夜月，朗照几家楼。

春分

一春才过半，草木各经营。

雨足田家乐，风和海市赢。

莺花三月梦，桃李百年情。

幸运今朝事，乾坤遇太平。

上巳

第二季

三月初三日，一年残了春。

绿阴浓似海，红雨乱成尘。

燕子归来晚，桃花落去频。

时光能几许，焉不倍相珍。

立秋

暑气不曾尽，秋声先已来。

风高梧半落，霜重菊全开。

世事无穷恨，人生有限才。

何须悲老大，夕照近蓬莱。

秋分夜作

雨歇秋分夜，风生暑退时。

疏篱云影覆，远水月华滋。

老去心犹壮，愁来酒不支。

固安今夕梦，应绕菊花枝。

夜行

为感秋声壮，关灯户外行。

月明谁与共，露重自然清。

商旅浑如梦，诗怀屡动情。

不堪回首处，风雨满京城。

回老宅见槛菊自开

黄花开正好，秋色满东篱。

不见陶彭泽，空吟杜拾遗。

风霜欺老干，雨露润新姿。

俯首清香嗅，遥遥有所思。

与姐弟书

老大无他念，只惟儿女亲。

合家分两地，异国度三春。

父爱凭谁溢，人情到处均。

何当团聚日，一醉慰酸辛。

示儿

爱我儿曹好，他乡学自然。

一经教已熟，万卷读尤鲜。

政事明堂问，爱情低调宣。

尘心元有辙，莫被利名牵。

中秋

园内何人聚，篱边兰草知。

引来金凤鸟，落在赤松枝。

侧耳听骚客，同题赋古诗。

输赢一杯酒，满满不能辞。

过荷塘

荷叶田田柳拂堤，绿阴深处荇花齐。
风摇翠盖香匀散，夕照红衣影渐迷。

游园

荷花开后菊花香，独立西风感慨长。

遥想雄安白洋淀，一年秋色又重阳。

过菊丛偶感

寒英又绽百般黄，草色凝霜愈见苍。

莫向东篱频怅望，故园松竹已成行。

咏梅其一

玉骨冰肌不受尘，高标孤格自天真。

暗香月下人寻句，疏影花边句动人。

桃树林

十里山坡接水沟，红霞一片豁双眸。

阿哥也是多情主，偏爱飞花落满头。

寄梅兄

一枝春信到江南，雪里风前自不堪。

莫道孤山无觅处，只今惟有鹤同参。

公园闲步

绝知此物是梅君，不只寒香十里闻。

月下一声金缕叹，风中三弄玉箫勤。

咏梅其二

清如姑射仙人骨，淡似孤山处士情。

不向三春怨零落，此身元是雪中英。

登高

一声知了最关情，日暮西风舞落英。
高阁层楼难纵目，万重云水阻归程。

骑行

上下班时路纵横，奔驰宝马各相争。

此时羡我胡同里，骑着单车自在行。

归雁

雁阵横空人字排，一声嘹唳万山哀。
故园父老提前筑，三级越冬亲水台。

白鹭

一行白鹭起晴空，万里沧江飞越穷。

衰草绵绵迷去路，芦花深处问渔翁。

立秋日小聚

江湖兀自起西风，徐水今宵感逝鸿。
莫向尊前话离别，有人孑影立梧桐。

冬日

北风吹雨肆京城，摧了花枝落了英。

天道无情冰又雪，世途有序让而行。

偶感

从今作个自由人，闲看浮云变幻新。

耗我诗心消永日，免他客梦忆前尘。

捐资书屋

一间书屋十年薪，妻子从来不怨贫。

我亦平生耽此趣，文心况是馈乡邻。

寄友

忆昔同窗在大兴，别来风雨又清明。

何时共醉黄村酒，细话初心与后情。

从兄来归

云游一自钱兰陔，别后不曾双履来。

三载相思无处寄，酒瓶今日为君开。

杂诗

固安风物近如何，桃李已同松柏多。

只待东君一声令，生机勃发满山坡。

秋思

白发何堪入梦深，青山常在怯登临。

明朝又是清秋节，惆怅诗心对夕阴。

吟友小聚

三年行役一长叹，异地相逢千万难。

酒盏不辞今日醉，诗篇犹记此心酸。

白洋淀纪游其一

一片汪洋一叶舟，天风摇我荡悠悠。

云开远岫青无霭，日落平沙白有鸥。

白洋淀纪游其二

渔父生涯古渡头，怡人天气晚来秋。

一竿插进淤泥底，撑起王孙载酒舟。

白洋淀纪游其三

白洋淀水碧连天，地主宾朋共一船。

蛙鼓琴声酬远客，风摇帆影过平川。

白洋淀纪游其四

万顷平湖一镜开，白洋淀里隐蓬莱。

波光潋滟鱼龙舞，云影参差鸥鹭来。

白洋淀纪游其五

水边天际夕阳沉，芦苇渐低飞鸟音。

明月一轮楼角起，引人余兴复登临。

白洋淀纪游其六

一条小路岛平分，十里荷香夹岸闻。
横起手机图片拍，双凫戏水浪成纹。

白洋淀纪游其七

画桥横截碧波间，两桨轻摇云水闲。

试唱小兵张嘎曲，歌声惊起苇丛鹇。

白洋淀纪游其八

沟渠连片水连天，野鸭孵雏避客舨。

柳色渐浓莺语滑，荷尖才露燕飞偏。

白洋淀纪游其九

湖上风烟接渺茫，阿谁爱此水云乡。

渔夫撒网斜阳罩，鸥鸟逐人归兴狂。

白洋淀纪游其十

雄县黄涛滚稻粱，高阳红树散霞光。

构图不用频伤脑，自有青山入画廊。

摄影

鸟衔落日树间穿，晃晃摇摇欲坠田。

恰好渔夫从此过，沉沉稳稳托于肩。

立冬日有感

一年时日又将阑，检点心情鲜有欢。

生意不成身又病，诗吟长调泪空弹。

岁末有怀

庭梅已绽腊将残，天气初晴雪未干。

莫劝老夫杯酒戒，此身近日怯余寒。

送客还乡

寒风萧瑟雁横秋，客里光阴似水流。

万事不如归去好，百年能得几回休。

客里闲题

中年人旅亚非欧，长夜难销去国愁。

朋友圈中图片晒，白云飞处是神州。

记梦

一冬无雪又无霜，梦醒方知夏夜凉。

近日神魂颠倒甚，皆因羁旅客南方。

疫期游西湖

孤山已绝晚梅香，柳线徒牵百尺长。

游客不来游艇寂，断桥不断白堤长。

苦晴

苦熬四伏又连晴，怒向天公吼一声。

古木焦枯空有问，何时降雨水瓢倾。

习诗杂感

诗心不减少年痴，世事却随流水驰。

月缺月圆皆历遍，说愁不为赋新词。

题画诗其一

白洋淀上白云移，山色湖光染客衣。

不是幽人偏爱酒，何缘一饮到忘机。

题画诗其二

徐水弯弯远近流,夕阳坠坠影斜收。

一行归雁横天际,鸟语争言好个秋。

题画诗其三

山色青葱水拍堤，牛羊零乱柳丝齐。

渔翁不管风花事，一把纶竿坐钓溪。

题画诗其四

十亩方塘霁景迷，群鸥飞近又飞低。

无端招惹鱼追逐，吓得渔夫急掷泥。

题画诗其五

山色空濛翠欲流，白云深处隐丹丘。

仙人不遇春无主，一任闲花开满沟。

题画诗其六

一径萦回入洞天，石桥花落水流泉。

桃源自有耕田者，何必武陵更问仙。

题画诗其七

绿柳红枫四下围，乱山深处掩柴扉。

黄花满地无人扫，桂影清高松子肥。

题画诗其八

石上清泉漱晚凉，池中绿叶盖鸳鸯。

愿天莫使秋风起，爱有草窝孵有床。

题画诗其九

一片白云花絮裁，浮尘流水两悠哉。

何人解识幽栖处，老屋窗开明月来。

题画诗其十

楼台布局甚温馨，门对青松翠作屏。

不是山中春去晚，荷尖或已立蜻蜓。

题画诗十一

陌上西风吹妇衣，弯腰拾稻市郊圻。

红裙褪尽春花色，白发剩如秋草稀。

题画诗十二

青林翠竹野塘围，钓叟携壶日暮归。

醉后偶然成独笑，满天风雨鹧鸪飞。

题画诗十三

一院芭蕉雨后肥，鹅黄鸭绿拥门扉。

午休人起随心看，蛱蝶蜻蜓自在飞。

题画诗十四

山中林密日光稀，枝上流莺恰恰啼。

知了不知秋气逼，依然高调唱黄鹂。

题画诗十五

一径溪流两岸花，数间华屋笼烟霞。
提篮老妪携孙出，才摘番茄又摘瓜。

题画诗十六

白洋淀里有人家，后院前庭泊满车。
宾客盈门联语贺，一双儿女考清华。

题画诗十七

江南春立燕归来，画栋珠帘次第开。

一片红云檐下聚，满街商贩杏花抬。

题画诗十八

花外行歌送客回，夕阳落进野山隈。

长箫吹起无人和，只有青山对酒杯。

题画诗十九

两岸桃花夹一溪，无边烟雨草凄迷。

游船撑出波纹漾，红杏摇风柳拂堤。

题画诗二十

白鸟飞来似故人，方言俚语自相亲。

兰阶竹屋松檐下，高转低旋认旧邻。

感事

国庆意图长假游，交通拥堵甚堪忧。

可怜中岁北漂族，只合闺中搔白头。

游阿克苏

抬头积雪覆天山，濯足清泉湿地环。
戈壁之中花下饮，或醒或醉意千般。

游德天跨国大瀑布

急瀑千条何处行？德天倒泻响如筝。

游人解得其中意，一水长传两国声。

题睦南关

古镇南疆多壮士，高歌一曲向天涯。

如今关外青山上，岁岁长开友谊花。

贝加尔湖

水自悠悠鸟自闲，晨星晓月出其间。

无边风景终难敌，大汉子卿持节还。

游紫霄宫

峰展如旗万里飘，水流玉带过仙桥。

孝经日夜传天际，云鹤闻声拜紫霄。

归隐

白洋淀里一渔夫，边采莲蓬边捕鱼。

我欲与君同结社，相将以此入诗书。

八卦掌人问道

寻源问道武当山，太岳名人剑指寰。

万缕霞光闪金顶，直将八卦播人间。

八卦掌问祖

八卦同门问道源，武林古刹定乾坤。

清风播下神功卷，董祖千秋武术魂。

忠庭残梅

雪霁春深欲何去，月明夜静当空舞。

东风莫遣尽飘零，留点枝头酬客主。

游雁荡山

奇峰聚作海中山，秀水为其照碧颜。

更有大家留墨宝，或诗或赋刻崖间。

游双桂堂

不期佛院修吾性，但识禅联挂庙堂。

更赏中秋明月夜，竹风细送桂花香。

游龙虎山

神山福地丹霞笼，圣水施来净我身。
游过泸溪爬上岸，得看道观玉麒麟。

清明祭祀

清风祭祀先人敬，明月啼坛烈士尊。

道法惊心终羽化，仙规动窍续乾坤。

武夷山

宫观庵堂连道院，溪流谷雨落崖间。

我今来作武夷客，登上东南第一山。

瞻仰毛泽东故居

靠山临水坐中央，不见主人回故乡。

唯有门前一雕像，至今犹在伴爹娘。

会稽山阴

禅寺清幽僧抚琴，山平水淡一园林。

若非诗酒传文脉，昔日兰亭何处寻？

南浔古镇

同人漫步水乡中，合璧楼台各不同。

但见园林居四象，略从诗酒辨唐风。

游芬兰赫尔辛基

千湖万岛雨濛濛，独步他乡夜色中。

时见窈窕淑女醉，金丝碧眼杏腮红。

客行

淮水东流去不回，旅途千里暮云催。

深山有路通徐郡，高铁无声过越堆。

垂钓

一竿垂钓水云间，自解中秋长假闲。

莫道此中堪避世，鱼犹夺食绕阶还。

赋菊

赖有芳姿不待春，清香一种独无伦。

未知秋后何人赏，但见花前几度新。

习武

五更习武在京城，白露凝霜鬓已惊。

七尺因之常受损，一生为此独钟情。

田间

　　油菜金铺满地黄，无边春色漫吾乡。

　　谁家翁媪牵孙过，看蝶教蜂扑粉忙。

种菜

老来种菜院墙边，一到花开成片连。

自是人间真乐此，何须身外更求田。

读书

一生心事付沧波，数卷诗书边角磨。

自笑平时无长物，只将文字养天和。

读诗有得

诗中意象一何多，偏爱青山与白鹅。

虽说读来又忘却，胜它酒肉入肠过。

春日山行

一路春光入画图，长城千里护皇都。

花开桃李难寻径，水落鱼龙不见珠。

村酒飘香浮绿蚁，石桥流水映黄栌。

驴行时倚天台立，满目风云气象殊。

徐水新农村建设

曲曲清溪绕舍流，水光山色共清幽。

风生画栋帘初卷，燕绕雕梁舞未休。

柳岸人家春酒熟，桃源仙境稻香浮。

视频一自上传后，旅客争来打卡游。

归途

霜天木落雁南征，万里归途车履平。

白露满林秋欲老，黄花无主雨余晴。

胃空高铁金樽倒，日暮寒塘玉笛清。

不向西窗频极目，灯光撩乱不胜晴。

寒蝉

秋风萧瑟动高梧，阵阵寒蝉噪画图。

不为悲凉多感慨，只缘高冷易穷诛。

已知尘世行藏事，何计人生长短途。

霜露袭来魂魄散，命终无力应啼乌。

八一感怀

守卫城关同月落，巡查海岸共潮生。

从军将士来轻别，还我山河去远征。

平寇终须文武策，重归正是圣贤声。

当年眺望山川岛，今日登临子弟兵。

易水行

少年豪气屡消磨，老去无成感喟多。

拳脚未参尘外事，诗词不和世间歌。

半生自笑心犹壮，八尺谁怜腰已驼。

天下英雄模拟尽，最钦最佩是荆轲。

游波斯普鲁斯海峡

秀岭孤城外，琼楼两岸边。

诚迎天下客，来坐此中船。

蓝峡随时渡，金桥跨海连。

者番来圣地，诗又赋新篇。

同友闲逛颐和园有感

湖光山色净无埃，青帝正将杨柳裁。

曲岸柔桑初展叶，斜坡苦菜暗抽苔。

生机漫向廊桥发，武汉惊传病疫来。

愚本平民力不逮，居家或可减其灾。

抗疫

庚子来时瘟疫起，江城封后路桥空。

虽居高阁忧强楚，愿舍残身灭毒虫。

一树寒梅庭院外，几多国士雪霜中。

诚知此地山藏虎，却向虎山歌大风。

中秋

园内何人聚，篱边兰草知。

引来金凤鸟，落在赤松枝。

侧耳听骚客，同题赋古诗。

输赢一杯酒，满满不能辞。

第二辑

词

───────────────────

137 ─── 196

浣溪沙·雪后有怀

一夜东风扫雪尘，蛛丝马迹了无痕，人间何处著闲身。

天气乍晴云色好，梅花初放日华新，不须惆怅忆前因。

浣溪沙·冬夜

　　破壁穿墙透碧纱，寒风挟雨扑田家，晚来庭院落梅花。

　　冻雀虚身怜女主，幽窗残梦断天涯，恼人情绪逐啼鸦。

减字木兰花·春日

　　壬寅春早，梅子才黄杨柳老。天气清明，小院无人花自英。

　　愁云碍眼，连日东风吹不散。难卜归期，且向樽前醉一卮。

减字木兰花·春分

酒杯零乱，醉里不知春已半。花满京城，时啭黄鹂四五声。

弟兄何处，远隔云山千万树。明月高楼，听取谁家玉笛愁。

减字木兰花·午休

　　绿阴如伞，两只黄鹂枝上啭。午梦初回，燕子粘人不肯飞。

　　白洋淀里，苇草荷花高下比。暮色三分，眯眼闲翻微信群。

减字木兰花·骑行

　　溪山清绝，晴后春光明似雪。露滴垂杨，拂面游丝八尺长。

　　单车载酒，一景试吟诗一首。明月加持，放出婵娟灵感施。

减字木兰花·踏春

青鞋白帽，T恤一身真逸少。浅唱清歌，非为人夸自乐呵。

梅凋梨谢，城里不知春去也。明岁重来，预约桃花向我开。

减字木兰花·重阳

　　秋光无际，剪剪清寒生玉砌。月满西楼，人倚阑干忆远游。

　　重阳近也，风雨有无侵校舍？不忍登临，目断烟波万里心。

菩萨蛮·入秋

小园曲水浮清气，一番雨过凉如洗。风送稻花香，也吹梧叶黄。

我心随日转，何事关情远。儿女正行舟，他乡学海游。

菩萨蛮·村居

荷花淀里村居好，莲房镇日无人扰。篱落晚炊香，苍山托夕阳。

白云相互逐，雁阵兼葭宿。何处鸟关关，暮烟深树间。

西江月·读子赋雪诗

摄取冰霜气概，裁成锦绣文章。机心谁似我家郎，赋得多重意象。

白雪之诗莫傲，青云之路方长。古风吟就再称觞，为父定当共享。

西江月·送子远行

细雨黄梅初熟，清晨粉蝶低迷。送行送到日偏西，漠漠离愁如织。

一自大兴去远，几番明月归迟。绿杨深处老莺啼，等待天涯消息。

临江仙·游秦淮

　　记得秦淮歌舞日，彩舟争泛春潮。六朝金粉尽魂销。繁华成昨梦，寂寞转无聊。

　　不见旧时王谢燕，玉箫声在今宵。东风吹绽美人蕉。可怜芳草色，犹似女儿娇。

临江仙·燕山纪游

　　花尽桃梨春减半，但教天气怡人。东风吹雨抑轻尘。小儿追蛱蝶，闺女捉蜻蜓。

　　事去多年犹忆起，如今独坐黄昏。垂杨无力系行云。夕阳何懊恼，流水自精神。

临江仙·忆何大

记得小楼初入座，二人对饮三环。杯空恰好五更残。别时强一笑，彼此再无言。

一自兄台离去也，天涯芳草芊绵。而今尘土暗朱颜。春风吹梦断，醒后暮云连。

临江仙·回信

　　揖别长安兄可好？一年又是中秋。何时樽酒话风流。结交三十载，各自道行修。

　　我亦京城漂泊久，身如不系之舟。故乡长望水悠悠。花开红柳岸，雁落白沙洲。

踏莎行·代拟

旧恨如云，新愁似伞。眉头强罩吹难散。试将心事诉夫君，语音回复归程转。

柳暗重门，花深小院。十分好月今宵见。玉人不再倚阑干，春风吹梦眠床软。

踏莎行·村居

水满池塘，花飞庭院。绿阴深处垂杨软。屋檐双燕又归来，门前草色鹅黄浅。

重九登高，层楼望远。苍山万叠斜阳挽。东篱风送菊花香，才闻便觉诗心绽。

踏莎行·偶感

月上灯昏，酒空人醉，归鸿天际犹成队。可怜一片惜花心，风前雨后零星碎。

往事堪嗟，虚名尽废，浮生本是空劳累。春来何处不销魂，绿杨深院黄昏寐。

踏莎行·扶贫

坡草回青，溪梅褪粉。三春光景行将尽。单车骑在果蔬园，大棚滴灌流泉引。

汗水沾衣，荷风乱鬓。扶贫路上农夫问。田间何事聚村民，支书解读"红头信"。

忆江南·新农村

　　人家好，新政惠三农。一片田园春雨后，数声鸡犬夕阳中，闲坐看儿童。

忆江南·老屋

长相忆，徐水旧名园。花木四时春不老，楼台十里月长圆，惜是拆迁前。

忆江南·荷花淀

荷花淀，景色甚宜人。红蓼白苹三万亩，绿杨芳草两千春。游客一群群。

忆江南·送别

双挥手，从此隔天涯。一曲离歌千里月，数声长笛五更鸦。何日返京华。

忆江南·小聚

文朋至，小聚此时宜。一曲琵琶弹雪屋，半窗花影入梅诗。明月涨瑶池。

忆江南·游春

春三月，天气最清明。杨柳池塘新水涨，杏花村落小桥横。人在画中行。

鹧鸪天·代拟闺情

昨夜三更雨乍停，晓来庭户听春声。东风不管人憔悴，吹得桃花树树晴。

香袅袅，影轻轻，芸窗帘卷日华倾。谁家燕子双飞入，惹得空床泪又零。

鹧鸪天·上坟

　　细雨斜风竟日随，清明寒食可怜催。梨花带雪飘香去，柳絮携春逐浪回。

　　千万恨，两三杯，前尘往事莫能追。何当买酒坟头醉，一任浮云绕郭飞。

鹧鸪天·送别

　　一曲阳关便著愁，柳丝不系北行舟。可怜春色三分尽，犹听啼莺百啭喉。

　　云荡荡，水悠悠，莫教此意付东流。他乡得遂平生志，携我天涯作胜游。

鹧鸪天·忆昔农忙时节

　　秀麦欣欣熟可期，村南村北早耘犁。青黄不辨秧针冒，绿紫难分桑陌齐。

　　山雨过，晚霞披，一川烟草正迷离。老农为赶时间急，月下连枷打豆箕。

鹧鸪天·植树节

　　种得琅琊万树青，翠屏碧嶂已围成。但教天上群仙下，也向人间一望惊。

　　松绕蝶，柳藏莺，浓阴深处鹊争鸣。年年三月花枝茂，不碍游人自在行。

蝶恋花·宿云水客栈

　　四面红墙围小院，模仿鸿门，模仿鸿门宴。枝上海棠经雨绽，笼中鹦鹉闻声唤。

　　客栈谁题云水馆，指给同人，指给同人看。生意兴隆诗意满，无非文艺青年撰。

南乡子·重九前夕途中

风雨近重阳，欲插茱萸没地方。况是菊花开烂漫，堪伤。明日残英付雪霜。

商海事难量，且尽金樽与玉觞。今夜梦魂何处泊，潇湘。烟树微茫路渺茫。

鹊桥仙·春日有怀

　　东风吹雨，西窗落日，又是一年春暮。登临欲赋感无言，听燕子、呢喃声语。

　　流光似水，浮生如梦，每每酒杯空举。青山如画客心违，但目断、天涯归路。

鹊桥仙·白露日出差

银河清浅，玉绳低转，时节又逢秋晚。西风挟雨打东篱，正满地、黄花开遍。

人生易老，光阴难挽，漠漠苍天不管。出差路上月三更，听旅客、鼾声未断。

清平乐 · 思儿

春光欲暮，寂寞闲庭户。满地落红无觅处，惟有绿阴如许。

少年不负韶华，游踪行遍天涯。白发倚门怅望，西风落日归鸦。

玉楼春·归雁

　　白洋淀里家何处，燕子才来春又去。小荷已露角尖尖，野鸭孵雏芦苇府。

　　游人渐散斜阳暮，星斗满天明岛屿。伤心不见故园人，月下盘旋千万树。

玉楼春·秋思

　　西风近日经南苑，衰柳残荷慵又懒。黄昏月上客心孤，白石泉流芦笛远。

　　望中大野青无限，槛外长江流未断。一生辛苦几曾游，有梦但愁双翼短。

采桑子·寄徐兄

西风吹老天涯客，人倚危阑，叶落枯竿，一片秋心不忍看。

徐兄归隐隆中后，行走深山，坐听清泉，忘了干支与纪年。

采桑子·月夜有怀

当时月下分携处，感谢流星，感谢飞萤，转过溪桥依旧明。

而今雨打风吹去，万里飘零，万里关情，独自天涯独自行。

浪淘沙·客中逢小满

　　春色过清明，花事飘零，晴天向晚更风轻。
小满未曾忘岁月，布谷多情。

　　芳草漫江城，烟水盈盈，客中难得听蛙鸣。
独上高楼人屈指，算计归程。

卜算子·荷花淀

鸥鹭自纵横，野色连天远。碧叶风吹波浪翻，三五鱼群现。

鼓棹唱新词，偏爱荷花淀。夜送清香月影迷，久醉垂杨岸。

卜算子·秋浦

阵雨洗空明，冷浸玻璃浦。不受纤尘半点沾，一一芳华吐。

今夜广寒宫，独照凄凉宇。若使嫦娥得见怜，慰我莲心苦。

卜算子·雪松

不是雪中梅，压尽枝头桂。只有檀心一点儿，便吐幽香细。

玉面晚妆匀，粉翅春衫腻。月下风前分影来，缟袂飘零际。

沁园春·新年

　　万物更新，福光满地，斗转流年。记三更醒梦，一灯照水；孤帆挂月，万里归船。离合几番，悲欢几度，如此山河不胜看。伤心处，挥笔诗词赋，聊寄征鞍。

　　何堪塞雁飞还，每抚摸春衫泪不干。听西风渐紧，雨声如鼓；南池欲冻，枫叶流丹。梦里难寻，魂销易散，不忘初心旧曲阑。迎新岁，酒酣歌舞起，国泰民安。

沁园春·记梦

　　我见君来，喜极翻疑，昨夜梦中。记当时课后，从容对句，如今江上，啸傲乘风。学画龙蛇，挥毫虎豹，笔底波澜涌太空。还知否，把平生意气，寄予诗钟。

　　相逢一笑匆匆。且莫问他乡与故宫。叹邵华老矣，功名未立，乾坤浩荡，岁月无穷。世事难凭，人情易变，三十年来道不同。何须更，赋青山绿水，各认词宗。

遐方怨·远歌行

乘铁马，走羊肠。世味行千里，诗情满八荒。洞庭水矣浩汤汤，登楼者也喜洋洋。

攀五岳，会三江。愁绪随潮落，归程与日长。长安盛世梦唐皇。金陵钗落共他乡。

捣炼子·题画

芳草甸，绿杨湾，浅画双眉蹙远山。几缕轻烟萦翠带，一时微雨湿朱颜。

捣炼子·凭栏

新雨霁，晚烟晴，闲艇周围漾绿萍。桂树枝头三五月，荷花淀里一天星。

捣炼子·送别

　　人去也，雁归迟，草径霜催菊满枝。小院回廊天色晚，欹床抱枕父心痴。

捣炼子·春望

　　春缱绻，惜芳菲，小立黄昏忆谁谁。杨柳梢头新月挂，烟波江上晚霞飞。

水龙吟·晚秋

西风一夜吹霜，千林木落无人管。凭栏纵目，天高云淡，山高水远。衰草连城，斜阳明岸，乱鸦啼晚。那黄昏院宇，清幽绝处，浑不似、荷花淀。

白首重游吟馆，上楼台、几番旋转。年华老去，功名休问，问来肠断。世事悠然，酒杯深浅，莫辞浇灌。任三更过后，离愁别绪，逐星光散。

水龙吟·垂钓

几番风雨重阳，管他今夕谁为主。半生心气，半生意气，何曾世故。九月黄花，三分秋色，向人无语。叹从来多少，虚名浮利，都付与，东流去。

自古英雄如许，笑当年、酒酣歌舞。龙山宴罢，龙宫战后，不堪回顾。落帽台荒，骑鲸客远，钓鱼翁伫。但波光雁影，天光云影，送孤鸿度。

苏幕遮·代拟

绿杨堤，朱雀道。红杏墙外，十里笙歌闹。画舫千条溪水绕，但看游鱼，但看游鱼跳。

柳阴浓，桃叶小。帘幕低垂，门掩黄昏悄。燕子不来人懊恼，独倚危栏，独倚危栏老。

满庭芳·中秋夜饮

雨洗泥途，风清云路，一轮明月当天。广寒宫外，瑞气霭祥烟。好是团栾此夜，称觞处、共祝千年。君恩忆，白洋淀里，戮力挽危澜。

人间，无限事，但求无愧，莫问因缘。算及时行乐，未必琴弦。纵使尊中酒尽，何妨对、歌舞喧筵。笙箫沸，铜牙铁板，同奏太平篇。

江城子·寄情域外

人生离合本无情。晓风清，淡云轻。残月疏星，依旧照京城。长记去年今夜里，杨花下，短歌声。

离愁难解酒杯倾。盼归程，到三更。渺渺予怀，何计慰飘零。料得故园春似海，千万树，候归莺。

满江红·感时

　　香草美人，记昔日、屈平曾赋。还又值、端阳近也，天涯羁旅。艾叶榴花空照眼，龙舟凤舸知何处。问灵均、底事独醒来，伤迟暮。

　　思往迹，愁今古。逢佳节，怜时序。问中秋节近，拟同谁度。九月茱萸将插遍，一园松菊应无数。待安排，除夕故乡回，亲朋聚。

八声甘州·重逢

记白洋淀里事千般，重逢感秋寒。叹光阴荏苒，关山迢递，风雨阑珊。一片丹枫红蓼，萧瑟氛围渲。有笛悠扬起，月下梅边。

设宴离亭别馆，把酒杯斟满，不说辛酸。算诗词歌赋，未必解悲欢。自三更，融资策划；到五更，合计建家园。芸窗外，数声征雁，八九啼鹃。

第三辑

联

———————————

197 ——— 216

中草药育种育苗实验基地挂牌

龙骨通天，汗浇半夏金兰结；
稻芽生地，蒂并双花白果香。①

① 两公司老总，一姓金，一姓白。稻芽、生地、半夏、金兰、龙骨、通天、双花、白果，都是中草药名。

题徐水区育种育苗实验基地（一）

流翠沉香叶，
披红解语花。

题徐水区育种育苗实验基地（二）

白鸟衔来长寿籽，

金风吹老合欢苗。

老宅春联

白云引路春先到，
鸿运当头福自多。

书斋联

花落鸟啼，一榻清风摇竹影；

雨晴霜霁，半窗明月照诗墙。

迎春联

梅花欲放千枝醒，
鸿福已衔双鸟来。

母亲六十九岁寿联

年近古稀，寿酒祝来三日醉；

岁逢大有，慈颜笑处合家欢。

白洋淀秋景

风褪荷香，野渡人归秋欲暮；
露洇菊色，中天雁过月初明。

读史

横起硝烟，十万干戈征战里；

又圆海月，几多骨肉乱离中。

归雁

朔漠归时，芦花洲渚寒烟白；

衡阳栖处，枫叶林塘夕照红。

苗圃

一夜春风，吹开古木花千朵；

三场喜雨，滋得新苗叶满枝。

人在旅途

高速盘桓，村店酒旗危嶂下；
中途食宿，农庄烟火暮云中。

宿农家乐其一

竹店酒香开腊酿，
槿篱人笑泡山茶。

贾岛故里行

好
诗
词

（第二季）

问路无须，袅娜绿裙迎竹坞；
留诗有望，推敲红字印柴扉。

宿农家乐其三

山浮青翠烟，一篙雨润田千顷；
门掩黄昏柳，三径花深水四环。

宿农家乐其四

梦入桃源，野老不知年代久；
诗成柳径，骚人但作短长吟。

宿农家乐其五

小径清幽，篱落有邻人共乐；
轻车来去，林泉无恙客相亲。

宿农家乐其六

石马不拦，绿水自流花外去；
风筝也学，白云长绕日边飞。

第四辑

赋

217 —— 220

岳阳楼赋

烟波浩荡，气象光华。览洞庭而千秀，吟诗记而百嘉。闻君山之绝胜，达桂苑之幽遐。故以文章，抒名篇于楼阁；嗟夫曲韵，赞学士于史家。

荆江南堤，祖庙北斗。因善而安，同贤为偶。唤日月兮照千秋，知玄黄兮迎万有。从此巴陵之城，不须壮士以守。散疏雨，观江湖之大千；随夕阳，祈舜帝之重九。

尔其曲岸月明，长天江霁。教优学于明公，尊古风于圣裔。游子行于石街，相看落花；故人醉于茅屋，可怜佳丽。独客谪守暮衰，垂老愁失。寻云鹤而登楼，望海天而映日。残身怜而穷孤，巧手裁而段匹。登翠亭而岛阔凤翔，望清水而云开龙出。通诸天而起初，得大道之归一。方知百姓终须国之魂，三才故是君之质。

潺潺风雅，历历训谟。道于天篆，兵以虎符。一水只缘于丰泽，千家同向于宝衢。

应须品格高古，情怀厚土。后生谨行，前识玄睹。烟波舟楫，见群鸟兮渡远方；凤竹薜萝，逢玉茶兮生前圃。

元自当中兴，奉列圣。社稷明，乾坤正。始通国士开篇之高淳，空有英雄论武之独盛。

终须荣名碧天，穆耀华域。庶士以义风，君臣以名德。应纵横于初心，且慷慨于本色。尚朝大同，此众常则。

图书在版编目（CIP）数据

云影参差集 / 白双忠著 . -- 北京：当代世界出版
社，2023.7
ISBN 978-7-5090-1630-5

Ⅰ . ①云… Ⅱ . ①白… Ⅲ . ①诗词－作品集－中国－
当代②对联－作品集－中国－当代③赋－作品集－中国－
当代 Ⅳ . ① I217.2

中国版本图书馆 CIP 数据核字 (2022) 第 231324 号

书　　名：云影参差集
作　　者：白双忠 / 著
出 版 社：当代世界出版社
地　　址：北京市东城区地安门东大街 70-9 号
邮　　编：100009
监　　制：吕　辉
选题策划：彭明榜
责任编辑：高　冉
装帧设计：北京小众雅集文化传媒有限公司
编务电话：（010）83907528
发行电话：（010）83908410（传真）
　　　　　13601274970
　　　　　18611107149
　　　　　13521909533
经　　销：新华书店
印　　刷：北京精彩世纪印刷科技有限公司
开　　本：889 毫米 ×1194 毫米　1/32
印　　张：8
字　　数：100 千字
版　　次：2023 年 7 月第 1 版
印　　次：2023 年 7 月第 1 次
书　　号：ISBN 978-7-5090-1630-5
定　　价：68.00 元

如发现印装质量问题，请与承印厂联系调换。

版权所有，翻印必究；未经许可，不得转载！